小學生成語自測

商務印書館

小學生成語自測

主　　編：商務印書館編輯部

責任編輯：洪子平　馮孟琦

封面設計：涂　慧

出　　版：商務印書館 (香港) 有限公司

　　　　　香港筲箕灣耀興道號東滙廣場樓

　　　　　http://www.commercialpress.com.h

發　　行：香港聯合書刊物流有限公司

　　　　　香港新界大埔汀麗路號中華商務印刷大廈字樓

印　　刷：中華商務彩色印刷有限公司

　　　　　香港新界大埔汀麗路 36 號中華商務印刷大廈 14 字樓

版　　次：2017 年 6 月第 1 版第 2 次印刷

　　　　　© 2015 商務印書館 (香港) 有限公司

　　　　　ISBN 978 962 07 0386 7

　　　　　Printed in Hong Kong

使用説明

(1) 把測試成績記錄下來。答對 1 分，答錯 0 分，每 50 題做一次小結，看看你的表現怎樣。

(2) 在「成語錯別字篇」，左頁句子藏有一個小學生常見的成語錯別字，請你把它找出來。在「成語誤用篇」，請你根據句子的意思，選擇正確的答案。

(3) 做完左頁全部題目，才翻開長摺頁核對答案。無論答對還是答錯，你都應該仔細閱讀右頁的解說，弄清楚正誤字的區別和成語的用法，加深認識。

(4) 完成所有測試後，可以把這本書作「小學生成語讀本」使用。

雖然小玲提供了很好的建議，可對於學校面對的困難，仍然只是杯水車薪，無法改善。

你沒有先努力訓練提高球技，卻只關心球鞋是否名牌，真是本末到置。

她倆一同考進舞蹈團，在舞藝發展的路上一直并駕齊驅。

你明明答應了和我一起好好練習，現在卻偷懶，出爾返爾，我再也不相信你了！

杯水車新 — 杯水車薪 同音誤用 義近誤用

新：斤部，剛出現的（新品種），最近、剛才（新聞），剛
　　開始的（新年）。

薪：艸部，柴草，工資（薪水）。

杯水車薪：比喻力量太小，解決不了問題。

本末到置 — 本末倒置 同音誤用 義近誤用

到：刀部，到達（到期），去、往，表示動作有結果（拿到）。

倒：人部，橫躺下來（臥倒），失敗（倒閉），上下、前後、
　　主次等位置反了（倒數）。

本末倒置：比喻把主次、輕重的位置弄反了。

并駕齊驅 — 並駕齊驅 義近誤用

並：一部，相挨着（並排），表示進一層、而且，也用在否定
　　詞前面加強否定語氣（並非）。「并」是「並」的簡化字。

並駕齊驅：並排套着的幾匹馬一齊快跑。比喻彼此的力量
　　和才能不相上下。

出爾返爾 — 出爾反爾 同音誤用

返：辵部，回、回來（返回）。

反：又部，顛倒、相背的（反面），不同意、對抗（反對），
　　翻轉（反問）。

出爾反爾：指人的言行反覆無常，前後自相矛盾。

以媽媽高超的廚藝水平，應付我和姐姐的旅行午餐實在是卓卓有餘。

這些粗製爛造的假冒商品，最終都會在市場上消失。

你再怎麼打扮也不會像她那樣美，就別再東施效頻了。

因為性格和愛好完全不同，哥哥和從小一起長大的朋友最後還是分道揚標了。

卓卓有餘 – 綽綽有餘

卓：十部，高超不平凡 (卓越)，也是一個姓氏。

綽：糸部，寬裕、富裕 (闊綽)。

綽綽有餘：形容非常寬裕，富裕。綽綽：寬裕的樣子。

粗製爛造 – 粗製濫造

爛：火部，腐壞(破爛)，頭緒紛亂(爛攤子)，光亮(燦爛)。

濫：水部，水漫出來 (氾濫)，過度、沒有節制 (濫用)。

粗製濫造：指寫文章或做事情、東西馬虎草率，只求數
　　　量，不顧質量。

東施效頻 – 東施效顰

頻：頁部，連續多次。

顰：頁部，皺着眉頭，形容憂愁。

東施效顰：原指東施模仿西施皺眉頭，效是指「仿效」。意
　　　指仿效他人，但效果差劣，不堪入目。

分道揚標 – 分道揚鑣

標：木部，記號、識別符號 (標記)，表明、寫明 (標題)，
　　　一定的標準、規格 (標準)。

鑣：金部，用來勒住馬口的器具。

分道揚鑣：比喻目標不同，各走各的路或各幹各的事。

打過幾場敗仗後，
士兵們現在已經風
聲鶴淚，一聽到槍
聲就想逃跑。

出獄之後，他已
經改斜歸正，老
老實實地
做人。

他們在比賽最後一刻
才被對手反超一分，
功虧一簣，沒能保住
冠軍的寶座。

天氣
太熱了，
弟弟沒跑幾步，
就已經汗留浹背。

風聲鶴淚 — 風聲鶴唳 形近誤用

淚：水部，眼淚，像眼淚一樣的東西。

唳：口部，鶴的叫聲。

風聲鶴唳：形容驚慌失措，或自己驚擾自己。

改斜歸正 — 改邪歸正 同音誤用

斜：斗部，不正、不直，歪（傾斜）。

邪：邑部，不正當的思想或行為（邪門歪道）。

改邪歸正：從邪路上回到正路上來，不再做壞事。

功虧一匱 — 功虧一簣 同音誤用

匱：匚部，缺乏（匱乏）。

簣：竹部，盛土的筐子。

功虧一簣：堆一座高山，還差最後一筐土沒能完成。比喻
　　　　　做事情只差最後一點沒完成。

汗留浹背 — 汗流浹背 同音誤用

留：田部，停在一個地方不離開（留學），保存（保留），
　　把注意力放在某一個方面（留心）。

流：水部，流淌，像水一樣流動的東西（人流），指水道
　　（河流），傳播開去（流傳）。

汗流浹背：形容非常害怕或恐懼。也形容出汗很多，把背
　　上的衣服都濕透了。

經歷過沙士疫情的驚濤
核浪，人們積累了豐富
的對抗傳染病的經驗。

洪水過後，這個美麗的
小村莊變得滿目創痍，
到處是殘破的房屋。

一直在學校裏
名列前矛的他，
怎麼也接受
不了未能升
讀第一志願中
學的事實。

這隻小黃鴨因
可愛和體積大
而名躁一時，
各地的遊客
都趕來
觀賞。

驚濤核浪 － 驚濤駭浪 `形近誤用`

核：木部，果實中心包含種子的堅硬部分，仔細對照、考
　　察（核對），也泛指中心部分（核心）。

駭：馬部，害怕、吃驚（驚駭）。

驚濤駭浪：洶湧嚇人的浪濤。比喻險惡的環境或激烈的鬥爭。

滿目創痍 － 滿目瘡痍 `形近誤用`

創：刀部，傷、外傷（創傷），開始、第一次做（創立）。

瘡：疒部，皮肉腫爛的病（凍瘡），外傷。

滿目瘡痍：瘡痍，創傷。形容受到嚴重破壞的景況。

名列前矛 － 名列前茅 `同音誤用` `形近誤用`

矛：矛部，指古代的兵器，有長柄，一端裝有金屬的槍
　　頭，用來刺敵人。

茅：艸部，一種草，可用來造紙，根可以做藥材。

名列前茅：指名次排列在前面，形容成績優異。

名躁一時 － 名噪一時 `同音誤用` `形近誤用`

躁：足部，性急、不冷靜（急躁）。

噪：口部，蟲、鳥亂叫，也指人亂喊亂叫、聲音嘈雜（噪聲）。

名噪一時：指在一段時間內名聲很大，受到人們的關注。

關門停業的消息不斷傳來，弄得整個街市人心慌慌。

我們又跳又叫，聲嘶力揭地提醒在海中游泳的人，巨浪正向他們撲去。

明哥是南華的忠實球迷，無論每季成績有多差，他還是死心蹋地地支持自己的球隊。

漁村喧鬧嘈雜的日子只是壇花一現，隨着遊客減少，漁村又回復從前安靜的模樣。

人心慌慌 — 人心惶惶

慌：心部，心神不安、動作忙亂（驚慌）。

惶：心部，恐懼、驚慌不安（惶恐）。

人心惶惶：形容眾人惶恐不安。

聲嘶力揭 — 聲嘶力竭

揭：手部，掀開（揭開），使東西顯露出來（揭發）。

竭：立部，盡、用完（竭力）。

聲嘶力竭：嗓子喊啞了，氣力用盡。形容竭力呼喊。

死心蹋地 — 死心塌地

蹋：足部，踩（糟蹋），踢。

塌：土部，豎立起來的東西倒下、下陷（倒塌）。

死心塌地：常用來形容打定了主意，決不改變。

壇花一現 — 曇花一現

壇：土部，古代用來舉行儀式的土築起的高台，也指職
業、工作相同的成員的總體（歌壇）。

曇：日部，曇花，是一種常在夜間開放的花，淡黃色，開
花的時間很短。

曇花一現：比喻美好的事物或景象只出現了一下，很快就
消失。

看，遊戲機和配件都好好的，現在我把它們還給你，原璧歸趙啦！

有些人把好好的一個公園弄得烏煙瘴氣，使大家都不再到那兒休憩遊玩了。

遵守法律，維護公共秩序，是每一個香港市民意不容辭的責任。

長期養尊處優的生活，早就讓她失去了獨自謀生的能力。

原璧歸趙 － 完璧歸趙 `同音誤用`

原：厂部，最初、本來的（原始），未經加工的（原料），
　　寬容、諒解（原諒）。

完：宀部，齊全、沒有損壞（完美），做成了（完成），盡、
　　沒有了（用完）。

完璧歸趙：比喻把原物完好地歸還給本人。

烏煙障氣 － 烏煙瘴氣 `同音誤用`

障：耳部，阻隔、遮蔽（障礙），用作遮擋、防護的東西
　　（保障）。

瘴：疒部，指熱帶山林中存在的濕熱的空氣，能使人生病。

烏煙瘴氣：比喻環境嘈雜，秩序混亂或社會黑暗。

意不容辭 － 義不容辭 `音近誤用` `義近誤用`

意：心部，意思、（含意），願望（如意），主張、見解（意
　　見），料想（出乎意料）。

義：羊部，公正合理的道理或舉動（正義），有益公眾的
　　（義演），內容（意義）。

義不容辭：指道義上不允許推辭。

養尊處憂 － 養尊處優 `同音誤用` `形近誤用`

憂：心部，發愁、擔心（憂愁），使人發愁的事。

優：人部，好的（優良），充足富裕（優厚）。

養尊處優：指有人伺候，在充足富裕的環境下生活。

爸爸最討厭阿諛逢承，為了討好上司而願意做任何事的人。

獲得奧運會金牌總數第一的榮譽後，運動員們在今天上午搬師回朝，並參加晚上的慶祝酒會。

他直到五十歲才在電影裏擔任主角，並獲得一致好評，可算是大器晚成。

爺爺愛屋及烏，不但疼愛我，連我養的小狗也格外疼惜。

阿諛逢承 － 阿諛奉承 [同音誤用]

逢：辵部，遇到（重逢）。

奉：大部，恭敬地送給或接受（奉獻），表示尊重（奉陪），
　　信仰、推崇（信奉）。

阿諛奉承：迎合別人的心意，刻意竭力地討好別人。

搬師回朝 － 班師回朝 [音近誤用]

搬：手部，移動、遷移（搬運），移用（生搬硬套）。

班：玉部，按一定要求編排的組別（班級），用於配搭人或
　　交通工具的量詞（一班飛機），返回。

班師回朝：調動出征的軍隊返回首都，也指出征的軍隊勝
　　利返回朝廷。

大氣晚成 － 大器晚成 [同音誤用]

氣：气部，指氣體（氧氣），人的呼吸（一口氣），鼻子聞
　　到的味道（香氣）。

器：口部，用具（樂器），指人的氣質、才能（氣度不凡）。

大器晚成：指擔當重要任務的人要經過長期磨練，所以較
　　晚才會見到他的成就。

愛屋及鳥 － 愛屋及烏 [形近誤用]

鳥：鳥部，飛禽的統稱，鳥全身有羽毛，大多數會飛。

烏：火部，指烏鴉，一種羽毛是黑色的鳥，也指黑色。

愛屋及烏：比喻愛一個人而連帶關心到與他相關的人或
　　事。注意「烏」的上部比「鳥」少一橫。

小小的野草有着不可思議的生命力，即使在最艱苦的環境中，也能紮根成長。

法官會公正判決的，絕不會草管人命，讓殺人兇手逍遙法外。

發生了甚麼事，讓你這樣愁眉苦臉，哎聲歎氣呢？

祝你在新一年裏大展洪圖，生意興隆！

不可思義 － 不可思議 音近誤用 形近誤用

義：義：羊部，公正合理的道理或舉動 (正義)，有益公眾
　　的 (義演)，內容 (意義)。
議：言部，商量、談論 (爭議)，意見、言論 (建議)。
不可思議：現在多數指人或事物讓人沒法想像，難以理解。

草管人命 － 草菅人命 形近誤用

管：竹部，較長的圓筒形的東西 (水管)，主持、負責辦理
　　(管理)，約束 (管教)。
菅：艸部，一種野草。
草菅人命：把人命當作野草。指隨意殘害人的性命。

哎聲歎氣 － 唉聲歎氣 同音誤用

哎：口部，歎詞，表示驚訝、不滿或提醒。
唉：口部，表示答應或歎息的聲音，也表示失望、同情或
　　惋惜。
唉聲歎氣：因傷感、鬱悶或悲痛而發出歎息的聲音。

大展洪圖 － 大展宏圖 同音誤用

洪：水部，大 (洪水)，特指大水 (山洪)。
宏：宀部，大、廣 (宏大)。
大展宏圖：指全力、大規模地實現宏偉的計劃或抱負。

收到哥哥在會考中金榜提名的消息，爸爸高興得馬上開香檳慶祝。

中國人講究禮上往來，別人送來禮物，我們也要回禮答謝。

每到農曆新年，人們都要敬拜神靈，還會詢問新一年催吉避凶的方法。

別看她總是一身名牌，其實早已外強中幹，準備申請破產了。

金榜提名 － 金榜題名 同音誤用

提：手部，用手拎東西（手提包），從下往上、由低到高或由後往前（提高），取出（提款）。

題：頁部，題目（標題），寫上、簽署（題字）。

金榜題名：原指古時候考試取得好成績，獲得當官的資格。現在常指在考試中取得優異成績。

禮上往來 － 禮尚往來 同音誤用

上：一部，位置在高處（山上），等級、質量高的、次序在前的（上級），指時間、地點、範圍、方面等（早上）。

尚：小部，尊崇、注重，還（尚未完成）。

禮尚往來：指禮節上應該有來有往。現在多指以同樣的態度和方法回答對方。

催吉避凶 － 趨吉避凶 同音誤用

催：人部，促使、加快（催促）。

趨：走部，快步走，傾向（趨勢）。

趨吉避凶：謀求平安吉祥，避開災難。

外強中幹 － 外強中乾 形近誤用

幹：干部，主體、主要部分（骨幹），做事、辦事（幹活），辦事的能力（能幹）。

乾：乙部，缺少水分（乾旱），某些烘烤或沒有水分的食物（餅乾），盡、空虛（乾杯）。

外強中乾：指外表看上去強大，實際上很虛弱。

看到一望無銀的大草原，我的心情立即開朗起來。

直到晚會開始，這個演員才珊珊來遲，沒有排練就匆匆上台表演了。

幾個中東國家又開戰了，那些軍火商坐收魚利，趁機賺了很多錢。

我不認識你，男女受受不親，請別再靠近我！

20

一望無銀 － 一望無垠

銀：金部，一種白色的金屬（金銀），像銀子的顏色（銀
　　河），跟錢幣有關的（銀行）。

垠：土部，邊際、界限。

一望無垠：一眼望去，沒有邊際。注意「垠」的部首是「土」。

珊珊來遲 － 姍姍來遲

珊：玉部，只用在「珊瑚」一詞中。

姍：女部，形容走路緩慢從容的姿態。

姍姍來遲：形容走得緩慢從容。

坐收魚利 － 坐收漁利

魚：魚部，生活在水中的脊椎動物，有鱗和鰭，用腮呼
　　吸。

漁：水部，捕魚（漁民），謀取（從中漁利）。

坐收漁利：比喻利用別人的矛盾，自己從中獲利。

受受不親 － 授受不親

受：又部，接收（接受），得到、遭到（受害），忍耐（忍
　　受）。

授：手部，給與，也指把知識、技藝教給人（教授）。

授受不親：古時候指男女之間不能親手遞過或接受物品。

成語連一連

(1) 下面哪些成語意思相近？把它們連起來吧！

不以為然	巧奪天工
沾沾自喜	光明正大
挖空心思	不以為意
光明磊落	車水馬龍
鬼斧神工	煞費苦心
萬人空巷	洋洋自得

休憩站

成語連一連

(2) 很多成語有相反的意思，你能把它們連起來嗎？

無能為力	驚慌失措
光陰似箭	大功告成
愛財如命	不屑一顧
愛不釋手	度日如年
從容不迫	有求必應
功敗垂成	揮金如土

答案在書末

23

按部就班 / 循序漸進

學習應當由淺入深，
_____，不能一味
貪多求快。

👎 / 👍
你不研究客人
的需要，只根據自己的
想法去開發產品，這是
閉門造車呀！

👎 / 👍
海洋裏的資源十分豐
富，只要善加利用，定
能取得巨大好處，這是
不言而喻的。

👎 / 👍
志強性格內向，做事不主動，你把他安
排到銷售部工作，這不是差強人意嗎？

24

循序漸進

兩個詞都有做事按照一定的步驟、順序進行的意思。

按部就班：強調要有條理，按計劃進行，多用於工作、計
劃。

循序漸進：強調逐漸加強、調整，多用於學習、訓練。

閉門造車：比喻脫離現實，只憑主觀想法去辦事。帶有貶
義。

不言而喻：形容道理很明顯，不用說就能明白。

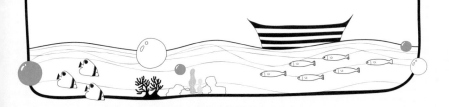

差：尚算、大略；強：勉強。

差強人意：形容某人某事大體上能使人滿意。

解說：這成語經常被誤解為「勉強別人」或「違背別人的
意願」。

死海中沒有魚蝦、水草，連海邊也是一片不毛之地。

大家反覆討論，從長計議，定下了聖誕節慶祝活動的具體細節。

小明的抄襲技倆真是登峰造極，除了標題，作文內容連標點都懶得改一改。

聰明的姐姐進入公司一年後，就可以在工作上獨當一面了。

26

不毛之地：指不生長草木，不能用於耕作的土地，用來形
　　容地方一片荒涼、貧瘠。

從長計議：指放寬時間慢慢商量考慮，不急於作決定，也
　　可指慢慢地設法解決。
解說：望文生義，誤解為「從長遠的角度去考慮」。

登峰：登上山峰；造極：達到最高點。
登峰造極：指技術達到頂點，到了最高的水平。帶有褒
　　義。
解說：褒貶不當，「登峰造極」不能用來形容抄襲行為。

獨：獨自；當：承擔。
獨當一面：指能夠獨自完成工作，不需別人幫忙。

當你看到那些構造奇妙的溶洞，一定會驚歎大自然的鬼斧神工。

 小明既要看守住傳球的隊員，又要阻截對方的進攻，很快就厚此薄彼了。

 比賽開始時他就落後了，但他奮力追趕，離終點10米時終於成為後起之秀，奪得冠軍。

 這顆彗星「拜訪」地球時，距離地球只有500萬公里，可以説與地球接踵而至。

鬼斧神工：形容建築、雕塑等技藝非常精巧，看起來不是
　　人力能夠完成的。帶有褒義。

厚：重視，優待；薄：輕視，怠慢。

厚此薄彼：形容兩方面的待遇不同，一般用於對人、單
　　位、集體。

解說：不合句意，可改為「顧此失彼」，即不能全面照顧，
　　顧了這個，丟了那個。

後起之秀：指後來出現的或新成長起來的優秀人物。

解說：不合句意，可改為「終於後來居上」。「後來居上」
　　指從後面趕上來，超過對方。

踵：腳後跟。

接踵而至：指人們前腳跟着後腳，接連不斷地到來，形容
　　來的人很多。

解說：不合句意，可改為「近在咫尺」，即兩者距離很近。

學校派了不少同學參加運動會，可是沒有一個能進入前六名，簡直是濫竽充數。

這則消息早已是明日黃花，但她還以為是新鮮出爐的頭條新聞呢。

這兩隊球員的技術和速度，真可說是平分秋色。

遇到重要的難題，我們不能拖泥帶水，猶豫不決，一定要拿出破釜沉舟的勇氣來解決它。

濫竽充數：比喻沒有真才幹，混在行家裏充數。或者拿不好的東西混在好的裏面。

解說：不合句意。成績不好並非沒有真才幹，不能用「濫竽充數」來形容。

明日黃花：指過了重陽節的菊花，沒有可賞玩的價值。一般用來比喻過時的事物。

平分秋色：比喻雙方各得一半，也比喻不相上下，各有優勢、特點。

破釜沉舟：比喻不留退路，下決心不顧一切地幹到底。

就在這千鈞一髮
之際，一條人影
直撲入火海，救
出了小女孩。

在她照顧生病的媽
媽時，收到了房屋
加租的消息，就彷
彿如虎添翼，令她
的負擔更重。

操場上的足球比賽
正進行得如火如荼，
同學們紛紛為球員
吶喊助威。

教師縱然有三頭六臂，
也不能單獨承擔起培養
學生的重任。

鈞：三十斤，千鈞：三萬斤。這裏的「千鈞」是虛數，形
　　容重量巨大。

千鈞一髮：有若千鈞重量的東西用一根頭髮繫着，比喻到
　　了極為緊急的關頭。

如虎添翼：比喻本已很強大的個人或團體，得到援助後變
　　得更加強大。

解說：不合句意，可改為「百上加斤」。

荼：茅草上的白花。

如火如荼：像火一般紅，像荼一般白，比喻氣勢旺盛，氣
　　氛熱烈。

三頭六臂：比喻神通廣大，本領出眾。

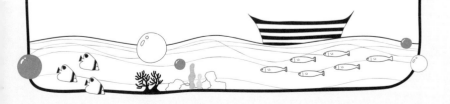

要在地球上找到一個完全沒有紛爭的世外桃源，不是一件容易的事情。

 我時常留心日本漫畫的新書預告，卻對這些書籍的上市時間視而不見。

只有美好的願望，卻不按規矩辦事，事情的結果肯定會適得其反。

在動物園，遊人提出了各種奇怪的問題，讓飼養員啼笑皆非，難以回答。

世外桃源：比喻理想中的環境，幽靜、不受外界影響、生
　　　　活安逸的地方。

視而不見：指看見了跟沒有看見一樣，形容不關心、不注
　　　　意。
解說：不合句意。文句指沒有注意到，並非不關心不注
　　　　意。

適：正，恰好。
適得其反：指得到與預期相反的結果。

啼笑皆非：形容處境尷尬，也指既令人難受又讓人發笑的
　　　　行為。

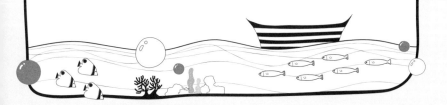

35

👎/👍

這部電視劇播出時，幾乎萬人空巷，人們都在家裏守着電視，不願外出。

👎/👍

雖然你在期末考試考得不好，如果能夠亡羊補牢，還是有機會在會考中取得理想成績的。

👎/👍

不學好基礎知識，就急於解決高難度的數學題，是喧賓奪主的做法。

一揮而就 / 一蹴而就

偉大的成就，決不是_____能完成的，必須付出艱苦的努力。

36

答案

萬人空巷：指家家戶戶的人都走到街道、巷子上，形容慶
　　祝、歡迎慶典時異常熱鬧的情景。
解說：不合句意。「萬人空巷」是指全部人走出來，並非
　　坐在家裏。

 答案

亡羊補牢：指雖然犯錯了，還來得及補救。
解說：不合句意。考試成績不好跟犯錯無關，因此不能用
　　「亡羊補牢」。

 答案

喧：聲音大。
喧賓奪主：客人的聲音壓倒了主人的聲音，指外來的或次
　　要的事物佔了原有的、主要的事物的地位。
解說：不合句意，可改為「不切實際」。

答案 一蹴而就

一揮而就：揮，動筆；就，完成。一動筆就完成，指寫得
　　很快。
一蹴而就：蹴，踏。形容事情輕而易舉，一下子就能完
　　成。

來到山腳下，大家愉快的情緒就一馬當先，希望早點到達山頂。

這兩幅畫有異曲同工之妙，都表達了「渴望和平」的意思。

工匠們因地制宜，別出心裁，修建的園林當然各個不同。

許多香港人對空氣污染物一無所知，對人體有何危害更是執迷不悟。

一馬當先：形容工作走在別人前面，積極帶頭。
解說：不合句意。「一馬當先」通常形容行動，不能用來
　　　形容情緒。

異：不同；工：巧妙。
異曲同工：比喻説法不一但用意相同，或做法不同卻達到
　　　相同的目的。

因：依據；制：制定；宜：合適。
因地制宜：根據各地的具體情況，制定適宜的辦法。

執迷不悟：指堅持錯誤，不知覺悟。
解說：不合句意。文句指香港人不明白不理解，並非堅持
　　　錯誤。

最近發生的一些事情，讓爸媽原來的家庭計劃變成了紙上談兵。

由於大石阻隔了道路，奔赴地震災區的隊員走投無路，無法趕到目的地。

臨危受命 / 臨危授命

外交官 _____，奔赴戰爭中的伊拉克，成功地解救了人質。

殘酷的戰爭，使得這個地區早日實現和平的前景成為海市蜃樓。

答案

紙上談兵：比喻不顧實際情況，只作空談。

解說：不合句意。文句指家庭計劃不能執行，並非指計劃
　　　不符合實際情況。

 答案

走投無路：比喻處境極困難，找不到出路。

解說：不合句意。文句指沒有道路可走，並非找不到出
　　　路。

 答案 **臨危受命**

臨危受命：指在危難之際接受任命

臨危授命：指在危急關頭勇於獻出生命。

 答案

海市蜃樓：比喻虛幻的事物。

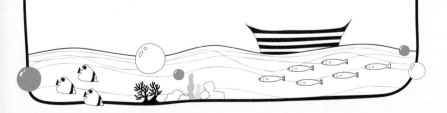

👎／👍
小強經常說謊，跟經常胡說八道的志文相比，真是半斤八兩。

別具匠心／別有用心
他真是 _____，設計的海報內容和形式都與眾不同，令人叫絕。

👎／👍
志明見別人在下棋，也蠢蠢欲動，很想參與其中。

👎／👍
只要你平時好好學習，就可以從容不迫地參加考試，不用緊張。

答案

半斤八兩：比喻彼此一樣，不相上下。帶有貶義。

 答案 **別具匠心**

兩者都有想法與眾不同的意思。
別具匠心：指想法很獨特，帶有褒義。
別有用心：不是出於好心的計謀，帶有貶義。

 答案

蠢蠢欲動：一般形容敵人準備入侵或壞人準備搗亂。帶有
　　　　　貶義。
解說：不合句意，可改成「躍躍欲試」，指急切地去嘗試。

 答案

從容不迫：形容不慌不忙，非常冷靜。帶有褒義。

43

為了逃避警察，這些小偷不再出動，等過一段時間後才東山再起。

幾年功夫，我的家鄉就改頭換面，變得整潔美麗了。

恕我孤陋寡聞，我並不知道達芬奇除了是畫家，竟然還是物理學家、發明家和建築師！

元宵燈會上的花燈，造型百變，色彩光怪陸離，令人看得應接不暇。

東山再起：比喻失勢之後，重新恢復地位。帶有褒義。

解說：褒貶不當，「東山再起」不能用在反面人物身上。

改頭換面：比喻只改變形式，而內容實質不變。帶有貶
　　　義。

解說：「改頭換面」用在這裏褒貶不當。

孤陋：簡陋；寡聞：見識少。

孤陋寡聞：形容學識淺陋，見聞不廣。

光怪：色彩奇異；陸離：色彩變化多端。

光怪陸離：形容奇形怪狀，五顏六色。

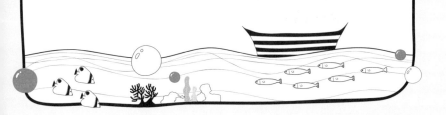

警察正埋伏在街道兩旁，緊握手槍，虎視眈眈地監視着匪徒。

另眼相看 / 刮目相看

進入高小以後，一向成績平平的小明，進步神速，真叫人不得不 _____ 。

從前這裏是一片平房，現在已經高樓林立，道路整潔，令人深深覺得一切面目全非。

這個演員曾經以擅長演唱高難度的歌劇作品而名噪一時。

虎視眈眈：形容惡狠狠地盯着，將要動手攫取甚麼，帶有
　　　貶義。

解說：「虎視眈眈」用在這裏褒貶不當。

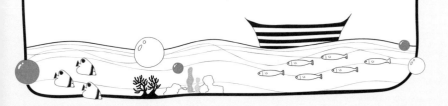 答案 **刮目相看**

另眼相看：指看待某個人不同一般，也指不被重視的人得
　　　到重視。

刮目相看：指別人已有進步，不能再用老眼光去看他。帶
　　　有褒義。

答案

面目全非：形容改變得不成樣子了，帶有貶義。

解說：「面目全非」用在這裏褒貶不當。

答案

名噪一時：指名聲很大，曾在某段時期內廣被傳揚。

我們可以巧立名目，組織各種適合不同年齡小朋友參加的閱讀活動。

他是邀請外國球隊來參加比賽的始作俑者，他很擔心作客的球隊不肯派主力上陣。

騙子的行蹤被警察掌握，警察守株待兔，一舉將行騙者抓獲。

每個孩子都有自己的優點和缺點，父母只能順水推舟，不可要求孩子成為完美的人。

巧立名目：指想方設法地制定出一些名目，來達到某種不
　　　　正當的目的。帶有貶義。
解說：「巧立名目」用在這裏褒貶不當。

始作俑者：比喻第一個做某項壞事的人，或惡劣風氣的開
　　　　創者。帶有貶義。
解說：「始作俑者」用在這裏褒貶不當。

守株待兔：比喻守着舊有的經驗，不知變通。帶有貶義。
解說：「守株待兔」用在這裏褒貶不當。

順水推舟：比喻順着某個趨勢或某種方便説話辦事，用來
　　　　諷刺一些人能堅持原則。帶有貶義。
解說：褒貶不當，可改為「順其自然」。

外婆家門口那棵已經枯了一年的樹，又有了死灰復燃的跡象。

若無其事 / 泰然自若

知道有人向廉署舉報，這個經理表面上裝作_____，其實已做好了逃跑的準備。

商家為了讓人們購買自己的產品，可以說無孔不入，出盡法寶。

弟弟頑皮搗蛋的名聲響遍全校，實在是無與倫比。

死灰復燃：比喻失勢的人重新得勢，或已經停止活動的事物重新活動起來。帶有貶義。

解說：褒貶不當，「死灰復燃」不能用來形容人或動植物。

 若無其事

兩者都有表面平靜的意思。

若無其事：像沒有那回事一樣，或不把事情放在心上。

泰然自若：形容在緊急情況下沉着鎮定。

無孔不入：比喻用盡一切辦法，有空子就鑽。帶有貶義。

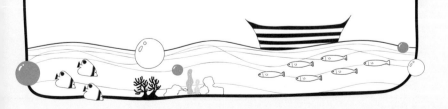

無與倫比：指事物非常完美，沒有能與它相比的。帶有褒義。

解說：「無與倫比」用在這裏褒貶不當。

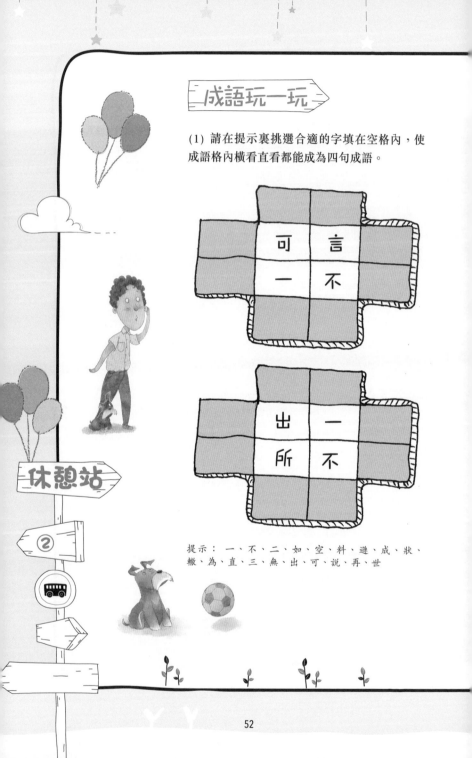

成語玩一玩

(1) 請在提示裏挑選合適的字填在空格內，使成語格內橫看直看都能成為四句成語。

	可	言	
	一	不	

	出	一	
	所	不	

提示： 一、不、二、如、空、料、遜、成、狀、轍、為、直、三、無、出、可、說、再、世

52

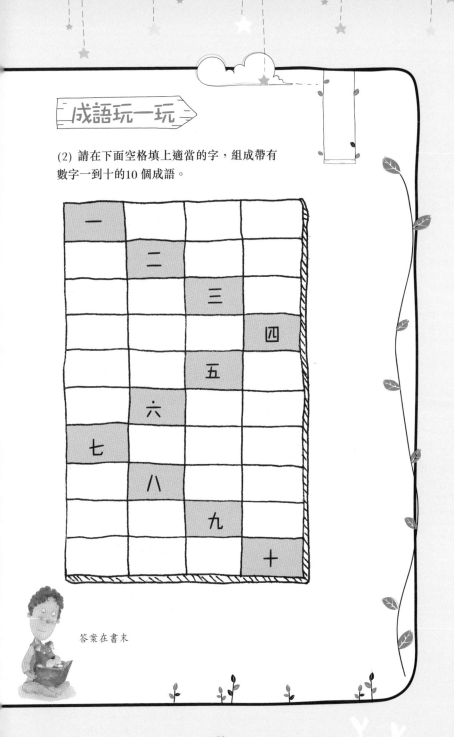

成語玩一玩

(2) 請在下面空格填上適當的字，組成帶有
數字一到十的 10 個成語。

答案在書末

在遇到困難的時候，我們要善於虛張聲勢，幫助大家建立自信心。

由於需求很大，大量的垃圾食品工廠如雨後春筍般的冒了出來。

經過多番努力，她終於取得成功。回想昔日的艱辛，怎能不沾沾自喜呢？

迎新晚會上，小明振振有詞地朗誦了一首詩。

虛張聲勢：指假造聲勢，藉以嚇人。帶有貶義。

解說：「虛張聲勢」用在這裏不合句意。

雨後春筍：指新事物大量出現，帶有褒義。

解說：「雨後春筍」用在這裏褒貶不當。

沾沾自喜：指對自己的成績感到得意，表現一種輕浮的樣
　　　　子。帶有貶義。

解說：褒貶不當，可改為「喜不自勝」。勝：能承受。指喜
　　　歡得控制不了自己，形容非常高興。

振振有詞：形容理由似乎很充分，其實是強詞奪理。帶有
　　　　貶義。

解說：「振振有詞」用在這裏不合句意。

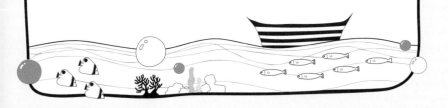

正因為爸爸具有自命不凡的理想，才在工作中取得了出色的成績。

爸爸不贊成為了應付考試而使用一些投機取巧的捷徑。

我們是好朋友，既然你遇上了困難，我一定會鼎力相助。

小明是班裏的數學天才，他正在異想天開地解答一道數學難題。

自命不凡：指自以為很了不起，帶有貶義。

解說：「自命不凡」用在這裏褒貶不當。

投機取巧：指用不正當的手段去取得利益，也指靠小聰明
　　　　來佔便宜。帶有貶義。

鼎力：大力。

鼎力相助：指別人花大氣力去幫助自己。

解說：「鼎力相助」只用於對方或他人，不可用於自己，否
　　　則太不謙虛了。

異想天開：指想法奇怪，不切實際。帶有貶義。

解說：「異想天開」用在這裏褒貶不當。

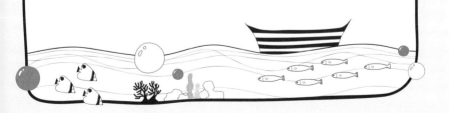

姐姐參考了中國少數民族的服裝特點後，就移花接木地應用到她的時裝設計裏。

這次你們犯錯而造成的後果，有口皆碑，不容否認。

這位老教授雖然無所事事，依然思考着他的研究題目。

在人聲鼎沸的賽場上他也能做到充耳不聞，不受外界影響。

移花接木：指暗中使用手段，更換人或事物。
解説：「移花接木」用在這裏不合句意。

有口皆碑：指所有人的嘴都是活的記功碑，比喻到處受到
讚揚。帶有褒義。
解説：「有口皆碑」用在這裏褒貶不當。

無所事事：形容閒着甚麼事都不幹，帶有貶義。
解説：「無所事事」用在這裏褒貶不當。

充：塞住。
充耳不聞：指塞住耳朵不聽，形容有意不聽別人的意見。
解説：「充耳不聞」用在這裏不合句意。

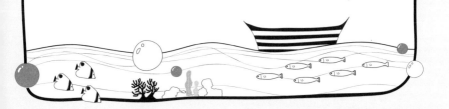

哥哥編寫的電腦程式思路清楚，出類拔萃，非一般人能比。

我們球隊的實力比不上對方，要取得這場比賽的勝利，只能出奇制勝。

這部小說的情節緊湊，出神入化，着實吸引了不少讀者。

這個小鎮因為上了旅遊節目而變得有名，終於有了出人頭地的一天。

拔萃：超出同類。
出類拔萃：超出同類之上，多指人的品德才能。

出奇制勝：比喻用對方意料不到的方法取得勝利。

出人頭地：指高人一等，形容德才超眾或成就突出。
解說：「出人頭地」一般用來形容人，用來形容小鎮不恰
　　當。

出神入化：指極其高超的境界，形容文學藝術達到極高的
　　成就。

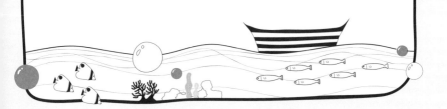

合唱團能在比賽中獨佔鰲頭，與另一個合唱團並列第二，趙老師的功勞最大。

叔叔一月結婚，五月升職，十二月孩子出生，今年真可說是多事之秋呀！

今天，這屋苑發生了巨大的變化，居民的生活水平也飛黃騰達了。

這個展覽館的收費可說各盡所能：有的部分收費，有的按時段收費。

獨佔鰲頭：古代皇宮的殿前石階上刻有巨鰲，只有狀元及
　　　　第（考取第一名）的學子才可以踏上。後來比喻取得
　　　　第一名。
解說：文意指並列第二，不是第一，因此不能用「獨佔鰲
　　　頭」來形容。

多事：指事故多；秋：時期。
多事之秋：指一段時間內，發生很多讓人不快的事情或事
　　　　故。含有貶義。
解說：「多事之秋」只形容讓人不愉快的事情，不能形容喜
　　　事。

飛黃：古代神馬的名字，能夠在天上飛行；騰達：上升。
飛黃騰達：比喻一些人的地位提升得很快。
解說：「飛黃騰達」只用來形容人，不能用來形容生活水平
　　　的提高。

各盡所能：指各人把自己的能力毫無保留地施展出來。
解說：「各盡所能」只用來形容人，不能用來形容收費安
　　　排。

新產品的試驗到了關鍵時刻，大家都做好準備，功敗垂成就在此一舉。

張教練第一次遇見小龍，就對他刮目相看，希望培養他成為出色的田徑選手。

光明磊落 / 光明正大

如果你對我有意見，完全可以 ＿＿＿＿＿ 地提出，不應該背後說閒話。

政府關於解決市民新鮮雞隻供應問題的措施已經呼之欲出了。

功敗垂成：指事業在將要成功的時候遭到了失敗，令人惋惜。

解說：「功敗垂成」用在這裏不合句意。

刮目相看：指相識的人有很大進步和變化，不能用老眼光去看他。

解說：兩人第一次遇見，之前互不認識，不能用「刮目相看」來形容。

 光明正大

光明磊落：形容一個人心地光明，胸懷坦白。

光明正大：形容一個人的行為很正派，不弄虛作假。

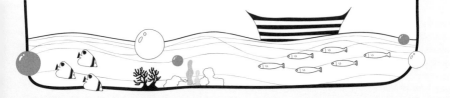

呼之欲出：指人像等畫得逼真，似乎叫他一聲就會從畫中走出來。一般指文學作品中人物的描寫十分生動。

解說：「呼之欲出」不能用來形容政策、措施安排等。

在繁華的商業街上，觀光購物的人群濟濟一堂，笑容滿面。

二百米預賽上，小明聽到槍聲響起，就像驚弓之鳥一樣飛奔向前。

驚心動魄／驚天動地

昨天，一場 ＿＿＿＿＿ 的警匪追逐槍戰竟然在香港鬧市中上演。

這個道理是千百年來大家都信服的，可說牢不可破。

濟濟一堂：形容很多有才能的人聚集在一起。

解說：只是一群普通市民聚集一起，不能用「濟濟一堂」來形容。

驚弓之鳥：比喻受過驚嚇的人聽到一點聲音就非常害怕。

解說：小明沒有受到驚嚇，不能用「驚弓之鳥」來形容。

 驚心動魄

兩者都有聲勢很大的意思。

驚心動魄：側重於給人的感受。

驚天動地：強調結果造成的影響。

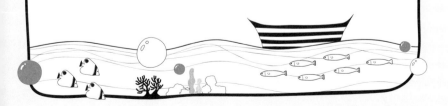

牢不可破：指十分堅固，絕不可能被破壞。

解說：「牢不可破」一般用來形容關係、友誼、團結等，不能用來形容道理。

每年到了這個時候，雨季就會漫不經心地來臨了。

名不虛傳 / 名副其實

每一個學生都應遵守學校的規則制度，學好各門課程，做一個 _____ 的小學生。

這些人對自己的利益斤斤計較，卻漠不關心其他人所遇到的困難。

目不暇接 / 應接不暇

商場裏擺滿零食、玩具、衣物等等，品種齊全，真是令人 _____ 。

漫：隨便；經心：放在心上。

漫不經心：指對人對事都散漫隨意，不放在心上。

解說：「漫不經心」只用來形容人的態度、行為，不能形容
　　　季節。

 名副其實

名不虛傳：指流傳在外的名聲與實際相符，有真才實學。

名副其實：指名義和實際相符。

漠不關心：形容對人對事冷淡，一點也不關心。

解說：「漠不關心」作動詞時，後面一般不帶賓語。

 目不暇接

兩者都有眼睛看不過來的意思。

目不暇接：對象是靜止不動的物品。

應接不暇：對象是正在變化之中的景物、人或事情。

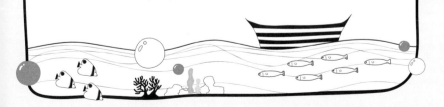

王老師雖說已經退休了，但是做事積極，仍能看出他是個年富力強的人。

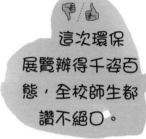
這次環保展覽辦得千姿百態，全校師生都讚不絕口。

他很聰明，只須稍加努力，要趕上他們的班長，甚至青出於藍，是完全可能的。

志華是我青梅竹馬的朋友，當時我們像兄弟一樣經常在一起玩。

年富力強：指年輕人身體強壯，精神充沛。
解說：退休人士不能用「年富力強」來形容。

千姿百態：形容姿態多種多樣，或種類十分豐富。
解說：「千姿百態」不能用來形容節目的精彩程度。

青出於藍：指學生的成就超過了老師。
解說：同輩之間的比較，不能用「青出於藍」來形容。

青梅竹馬：形容男女兒童天真無邪，在一起玩耍。
解說：「青梅竹馬」不能用來形容兩個男孩子的友誼。

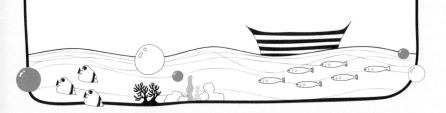

對方球員在場上多次犯規，裁判竟然熟視無睹。

束之高閣／置之不理
這些劇本獲獎後沒有被＿＿＿＿＿＿，而是交給代理商賣給電影公司。

我們都司空見慣了那種「違者罰款」的告示牌。

窗下的兩棵桂樹，香味一點都不濃厚，像溫暖的陽光般絲絲入扣。

熟視無睹：指看慣了就像沒看見一樣；也指看到某種現
　　象，因不關心，只當沒有看見。

解說：不合句義，可改為「視而不見」。

束之高閣

兩者都有放在一邊不予理睬的意思。

束之高閣：肯定了事物的價值，由於某些原因，暫時不理
　　睬。

置之不理：完全否定了事物的價值，不加理睬。

司空見慣：形容經常看到的事物，不足為奇。

解說：「司空見慣」作動詞時，一般不帶賓語。

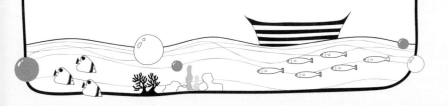

絲絲入扣：比喻做得十分細緻，十分合拍。

解說：「絲絲入扣」不能用來形容味道。

73

👎/👍

開幕儀式快開始了，各國參賽運動員滔滔不絕地進場。

👎/👍

車行經紀雖然說得天花亂墜，爸爸還是選擇了另外一款房車。

👎/👍

我是一個熱愛自由的人，喜歡無拘無束、天馬行空的生活。

👎/👍

海豚的可愛表演，使人忍俊不禁地笑了起來。

滔滔不絕：指話很多，說起來沒個完。

解說：不合句意，可改為「絡繹不絕」。

天花亂墜：指說得很動聽，多指誇大或不切實際。

解說：經紀推銷商品時不能誇大失實，因此不應用「天花亂墜」來形容。

天馬行空：比喻詩文、書法等很有氣勢，不受拘束。

解說：「天馬行空」不能用來形容生活。

忍俊：把刀刃的鋒芒藏起來。

忍俊不禁：比喻控制不了，忍不住發笑。

解說：「忍俊不禁」本身就有笑的意思，和「笑了起來」重複。

這個羽毛球雙打組合能夠多次獲獎，真是天作之合。

弟弟才學了幾個月書法，他的作品在數量和質量上都不能與哥哥練習多年的作品相提並論。

進入網絡時代後，用手提電話操控家庭電器已是唾手可得。

雖然這次獲獎的希望微乎其微，但是大家仍然努力不懈。

答案

天作之合：上天給予安排，很完美地走在一起。指夫妻兩
　　人婚姻美滿。
解說：「天作之合」只能用來形容夫妻關係。

 答案

相提：互相對照；並論：一起討論。
相提並論：把不同的人或不同的事放在一起談論。

 答案

唾手：往手上吐唾沫。
唾手可得：動手就可以取得，比喻很容易得到。
解說：「唾手可得」用在這裏不合句意。

 答案

微乎其微：形容非常小或非常少。

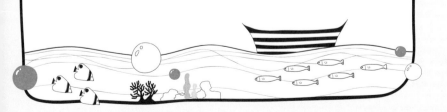

要有新的發明創造，就必須克服畏首畏尾的守舊思想。

水與地球上生命的起源是息息相關的。

這家酒樓將洗心革面，擺脫從前給街坊留下的又貴又難吃的印象。

因病長期睡在牀上的爺爺好起來了，全家人都喜出望外。

畏：害怕。

畏首畏尾：前也怕，後也怕，比喻做事膽子小，顧慮多。

息：呼吸時進出的氣。

息息相關：每一次呼氣與吸氣都互有關係，比喻兩者的關
　　　　　係非常密切。

洗心革面：指清除舊思想，改變舊面貌，比喻徹底改過自
　　　　　新。

解說：「洗心革面」只可用來形容人的行為。

喜出望外：指發生了意想不到的好事，非常高興。

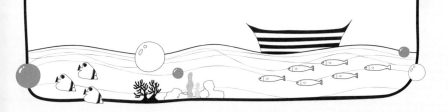

成語找一找

(1) 下面每一行裏都有一個形容場面熱鬧的成語，你能找出來嗎？

千軍萬馬	人山人海	五花八門
漫山遍野	不計其數	濟濟一堂
恆河沙數	座無虛席	杯水車薪
車水馬龍	形形色色	目不暇接
包羅萬象	門庭若市	數不勝數
川流不息	琳瑯滿目	比比皆是
不知凡幾	萬紫千紅	萬人空巷

休憩站

(2) 下面的成語大部分跟人有關，你能找出來嗎？

暗送秋波	餓虎擒羊	賓至如歸
如魚得水	傾國傾城	喜笑顏開
悶悶不樂	手舞足蹈	腦滿腸肥
忐忑不安	百感交集	心亂如麻
老態龍鍾	東歪西倒	大驚失色
炯炯有神	短小精悍	相見恨晚
畫龍點睛	禮尚往來	擠眉弄眼
腹大便便	大搖大擺	落落大方

形容人的心情：_____ ，_____ ，_____

形容人的外表：_____ ，_____ ，_____

形容人的身體動作：_____ ，_____ ，_____

形容人的神情：_____ ，_____ ，_____

形容人的眼部動作：_____ ，_____ ，_____

形容人的交往：_____ ，_____ ，_____

形容人的身材：_____ ，_____ ，_____

答案在書末

培養孩子良好的生活習慣，不是舉足輕重的小事，不應掉以輕心。

志強是一個勤奮向學的學生，欠交功課的事情可說絕無僅有。

你看他愁眉苦臉，恐怕真有甚麼難言之隱的苦衷。

這座跨海大橋方便人們的往來，促進了兩地的交流，還成了一道風景，真是一舉兩得。

舉足輕重：指處於重要地位，一舉一動都足以影響全局。

解說：不合句意，可改為「無足輕重」。足：值得。沒有它不會輕些，也不會重些，指無關緊要。

絕：絕對。

絕無僅有：只有一個，再沒有別的，形容非常少有。

解說：「絕無僅有」並非「絕對沒有」，用在這裏不合句意。

難言之隱：指難以說出口的原因或事情。

解說：「隱」與「苦衷」在語意上重複。

答案

一舉兩得：指做一件事能得到兩方面的好處。

解說：句中一件事情有三方面的好處，「一舉兩得」用在這裏不合句意。

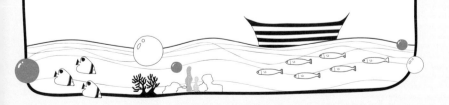

維護社會秩序是香港警察責無旁貸的職責。

在少年隊比賽中，派出青年隊隊員參賽，簡直是拔苗助長。

這個演員認為有關她的傳聞都是捕風捉影，空穴來風，她只會一笑置之。

販賣毒品是很嚴重的罪行，你千萬不要以身試法。

貸：推卸。

責無旁貸：指自己應盡的責任，不能推卸給旁人。

解說：「責」與「職責」在語意上重複。

拔苗助長：把樹苗拔高來加快它的生長，比喻急於求成，
　　　　反而壞事。

解說：讓青年參加少年組的比賽雖然不合理，但也並非
　　　「拔苗助長」。

空穴來風：指某種消息和謠言的傳佈不是完全沒有原因的。

解說：句中「空穴來風」被誤解為「毫無根據」，用法不當。

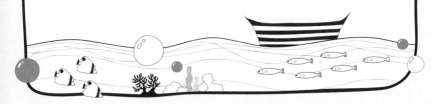

試：試驗。

以身試法：指明知道法律的規定而還要去做觸犯法律的事情。

櫥窗裏擺滿了
各種形形色色
的芭比娃娃。

戲劇表演需要雅俗共
賞，不能僅僅為了滿
足少部分人的口味。

這個屋邨的公
共圖書館面積
很小，藏書不
多，各種圖書
應有盡有。

在這個風景優美的山區
小城裏，人們的生活安
居樂業。

答案

形形色色：形容事物的種類多，各式各樣。

解說：「形形色色」已含有各種各樣的意思，與「各種」在語意上重複。

答案

雅俗：文雅和粗俗。舊時把文化高的人稱「雅人」，沒文化的人稱「俗人」；賞：欣賞。

雅俗共賞：形容作品既優美，又通俗，各種文化程度的人都能夠欣賞，帶有褒義。

答案

應有盡有：指該有的全都有。

解說：「應有盡有」與「藏書不多」互相矛盾。

答案

安居樂業：比喻安定地生活，愉快地工作。

解說：「安居」與「生活」在語意上重複。

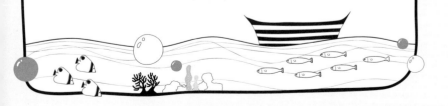

為了完成
這份報告，
爸爸一直通宵
達旦地工作。

真是無獨有偶，你剛
才說的那種事情，我
也曾遇到過。

所謂「綠色生活
方式」，就是讓
家裏的每件物
品都能夠物盡
其用。

他是這一區的知名人
士，他見義勇為的故事
可說鮮為人知。

通宵：整夜；達旦：到了天亮。

通宵達旦：整整一夜，從天黑到天亮，連續不斷。

獨：一個；偶：一對。

無獨有偶：不只一個，竟然還有配對的。表示兩事或兩人
　　　　　十分相似。

物盡其用：指每個物品都能充分發揮它的作用。

解說：「物盡其用」中「物」與「物品」重複。

鮮為人知：指很少被人知道。

解說：「鮮為人知」與「知名人士」互相矛盾，應改為「盡
　　　人皆知」。盡人皆知：指所有人都知道，比喻一件事
　　　流傳很廣泛。帶有褒義。

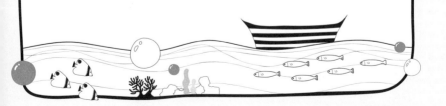

「神舟一號」太空船的成功發射，是中國航天發展史上一次空前絕後的成就。

我終於考上了大學，總算沒有辜負楊老師苦口婆心的教導。

媽媽聽了小芬逃學的事情，氣得火冒三丈。

姐姐都這麼大了，還想摟着媽媽睡覺，簡直是天方夜譚。

答案

空前絕後：指從前沒有過，今後也不會再有，形容成就獨
　　　一無二。
解說：發射「神舟一號」肯定是「空前」的，但不應該「絕
　　　後」，否則發展就會停下來。

 答案

苦口：指中藥入口的味道很苦，但對身體有益；婆心：指
　　　老婆婆的心腸，充滿了善意。
苦口婆心：比喻出於善意，耐心地、反覆地勸導對方。

 答案

冒：往上升。
火冒三丈：怒火高升向上，形容極度憤怒。

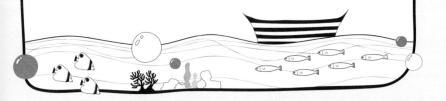 答案

天方夜譚：比喻誇張、離奇的議論。
解說：姐姐想摟着媽媽睡覺絕不誇張、離奇，不能用「天
　　　方夜譚」來形容。

他這篇散文寫得珠圓玉潤，是近年來少有的佳作。

 你總是自怨自艾，對已經發生的事情又有甚麼幫助呢？

 小麗自己沒掌握好學習方法，還不置可否，聽不進其他人提出的意見。

 犯人在警察面前，故意把犯案經過說得含糊其辭，企圖減輕自己的罪責。

92

潤：光滑。

珠圓玉潤：像珠子一樣圓，像玉石一樣光潤。比喻歌聲優
　　　　美，或文字流暢明快。

艾：割草，治理。

自怨自艾：原意指怨恨自己犯錯，自行改正過來，現在只
　　　　有「怨恨自己犯錯」的含義。

可：可以；否：不可以。

不置可否：指不表示明確的態度。

解説：「不置可否」是不表態，與「聽不進其他人的批評」
　　　互相矛盾。

含糊其辭：指心裏有憂慮，説話不清不楚，含含糊糊。

解説：「含糊其辭」已有説的意思，和「説」重複。

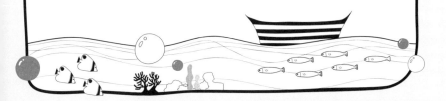

爸爸看到被老鼠啃壞的箱子，就義無反顧地買了一包老鼠藥來消滅牠。

電台應該將這個論壇辦得更加有聲有色，讓更多觀眾入場觀看。

面對激烈的競爭，我們不應怨天尤人，更不應看輕自己。

他在陽台上，正在指手劃腳地練習健身操的動作。

答案

義：正義；反顧：向後望。

義無反顧：指為了正義而勇往直前。

解說：消滅老鼠跟正義無關，不能用「義無反顧」來形容。

 答案

有聲有色：指形容說話、表演等生動形象的樣子 。

解說：論壇不是表演活動，不能用「有聲有色」來形容。

 答案

天：命運；怨、尤：怨恨。

怨天尤人：指遇到挫折或出了問題，只知道怨恨命運，責
　　　　　怪別人。

答案

指手劃腳：形容說話時用身體動作來表達意思；比喻胡亂
　　　　　指揮、批評，帶有貶義。

解說：「指手劃腳」用在這裏不合句意。

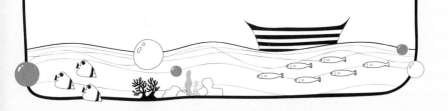

如果怕麻煩，最
好想出一套一勞
永逸的解決
辦法。

哥哥做事總是一
氣呵成，絕不拖
泥帶水。

經過修復的北京故宮，
古樸、莊嚴的風格
一如既往。

他一意孤行地放棄
了這份工作，完全沒
有商量的餘地。

答案 👍

逸：舒適。

一勞永逸：指辛苦一次，把事情辦好，以後就可以不再費
　　　　　力了。

答案 👍

一氣呵成：形容文章結構緊湊，文氣連貫；也比喻做事安
　　　　　排合理，並快速地完成。

答案 👍

往：從前、過去。

一如既往：指態度、行為、風格沒有變化，完全和從前一
　　　　　樣。

答案 👍

意：意見、想法；孤：一個人；行：行動。

一意孤行：指不接受別人的意見，完全按照自己的想法去
　　　　　做。

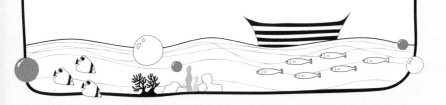

👎/👍

陽台上的花昨晚全開了，屋裏飄來陣陣花香，真讓人心曠神怡啊！

👎/👍

於年輕時的種種趣事，外婆一直講得津津樂道。

👎/👍

清潔人員將遊客留下的垃圾信手拈來，集中帶到山下。

安分守己／循規蹈矩

有些人寧願 ＿＿＿＿＿，照老辦法慢慢地做，也不肯想辦法提高工作效率。

曠：廣闊；怡：愉快。
心曠神怡：指心境開朗，精神愉快。

津津：興趣濃厚的樣子。
津津樂道：指很感興趣地談論。
解說：「津津樂道」已經含有「講」的意思，語意重複。

信手：隨手；拈：用手指取東西。
信手拈來：隨手拿來。一般形容寫文章時，不加思考就能
　　寫出來。
解說：「信手拈來」不能用來形容撿垃圾。

 循規蹈矩

兩者都有守本分，不越軌的意思。
安分守己：指規矩老實，守本分。
循規蹈矩：指遵守規矩，不輕舉妄動；或遵守舊有的規
　　則，不敢變動。

休憩站一 詞語連一連

(1) 近義成語

不以為然 － 不以為意
不以為然：不認為是對的。多數用來表示不同意、否定或輕視。
不以為意：不把它放在心上，表示對人或事抱輕視的態度。

沾沾自喜 － 洋洋自得
沾沾自喜：形容自以為不錯而得意的樣子。
洋洋自得：形容十分得意的樣子，和得意時十分神氣的姿態。

挖空心思 － 煞費苦心
挖空心思：形容費盡心思，想盡一切辦法。
煞費苦心：形容費盡心思。

光明磊落 － 光明正大
光明磊落：形容人的行為正直坦白，沒有不能告訴別人的事情。
光明正大：指為人坦白，言行正派。

鬼斧神工 － 巧奪天工
鬼斧神工：形容藝術技巧高超，不是人力所能達到的。
巧奪天工：形容技巧十分巧妙。

萬人空巷 － 車水馬龍
萬人空巷：指家家戶戶的人都從巷子裏出來，多形容慶祝、歡
　　　　　迎等的盛況。
車水馬龍：形容來往車馬很多，連續不斷的熱鬧情景。

(2) 反義成語

無能為力 － 有求必應
無能為力：指不能施展力量，或者沒有能力去做好某件事情。
有求必應：只要有人請求幫助，就一定答應。

光陰似箭 － 度日如年
光陰似箭：比喻時間過去得非常快。
度日如年：形容日子不好過，很難熬。

愛財如命 － 揮金如土
愛財如命：把錢財看得像生命一樣重要，形容吝嗇到極點。
揮金如土：揮霍錢財像泥土一樣，形容人花錢慷慨或沒有節制，浪費
　　　　　金錢。

愛不釋手 － 不屑一顧
愛不釋手：喜愛得捨不得放手。
不屑一顧：認為不值得一看。形容非常的輕視某件事物，或人。

從容不迫 － 驚慌失措
從容不迫：形容態度鎮靜，不慌不忙。
驚慌失措：由於驚慌，一下子不知道怎麼辦才好。

功敗垂成 － 大功告成
功敗垂成：指事情將要成功的時候卻因某種原因失敗了。
大功告成：指巨大的工程，或重要的任務宣告完成了。

休憩站2　成語玩一玩

(1)

	不	出	
不	可	言	狀
說	一	不	二
	世	遜	

	不	缺	
如	出	一	轍
無	所	不	為
	料	可	

(2)

一	事	無	成
不	二	法	門
繞	樑	三	日
說	三	道	四
四	分	五	裂
六	六	無	窮
七	手	八	腳
二	八	佳	人
十	室	九	空
以	一	擋	十

(1)

千軍萬馬	人山人海	五花八門
漫山遍野	不計其數	濟濟一堂
恆河沙數	座無虛席	杯水車薪
車水馬龍	形形色色	目不暇接
包羅萬象	門庭若市	數不勝數
川流不息	琳瑯滿目	比比皆是
不知凡幾	萬紫千紅	萬人空巷

(2)

形容人的心情：心亂如麻，忐忑不安，悶悶不樂

形容人的外表：傾國傾城，落落大方，老態龍鍾

形容人的身體動作：手舞足蹈，東歪西倒，大搖大擺

形容人的神情：百感交集，喜笑顏開，大驚失色

形容人的眼部動作：暗送秋波，擠眉弄眼，炯炯有神

形容人的交往：賓至如歸，相見恨晚，禮尚往來

形容人的身材：腹大便便，腦滿腸肥，短小精悍

商務印書館(香港)有限公司
THE COMMERCIAL PRESS (H.K.) LTD.

階梯閱讀空間

階梯式分級照顧閱讀差異

◆ 平台文章總數超過3,500多篇，提倡廣泛閱讀。

◆ 按照學生的語文能力，分成十三個閱讀級別，提供符合學生程度的閱讀內容。

◆ 平台設有升降制度，學生按閱讀成績及進度，而自動調整級別。

結合閱讀與聆聽

◆ 每篇文章均設有普通話朗讀功能，另設獨立聆聽練習，訓練學生聆聽能力。

◆ 設有多種輔助功能，包括《商務新詞典》字詞釋義，方便學生學習。

鼓勵學習・突出成就

◆ 設置獎章及成就值獎勵，增加學生成就感，鼓勵學生活躍地使用閱讀平台，培養閱讀習慣，提升學習興趣。

如要試用，可進入：http://cread.cp-edu.com/freetrial/

查詢電話：2976-6628

查詢電郵：marketing@commercialpress.com.hk

「階梯閱讀空間」個人版於商務印書館各大門市有售

榮獲「最佳數碼共融獎」

HONG KONG ICT AWARDS 2011 香港資訊及通訊科技獎